mpion of the World James and the Giant Peach Fantastic Mr Fox

ellous Medicine Matilda The Witches The Giraffe and the Pelly a

plete Adventures of Charlie and Mr W at Gl

mpion of the World James and the Gi Fox

ellous Medicine Matilda The Witche lly a

plete Adventures of Charlie and Mr Wonka Charlie and the Great Gl

mpion of the World James and the Giant Peach Fantastic Mr Fox

ellous Medicine Matilda The Witches The Giraffe and the Pelly a

plete Adventures of Charlie and Mr Wonka Charlie and the Great Gl

mpion of the World James and the Giant Peach Fantastic Mr Fox

ellous Medicine Matilda The Witches The Giraffe and the Pelly a

plete Adventures of Charlie and Mr Wonka Charlie and the Great Gl

mpion of the World James and the Giant Peach Fantastic Mr Fox

ellous Medicine Matilda The Witches The Giraffe and the Pelly a

plete Adventures of Charlie and Mr Wonka Charlie and the Great Gl

mpion of the World James and the Giant Peach Fantastic Mr Fox

ellous Medicine Matilda The Witches The Giraffe and the Pelly a

plete Adventures of Charlie and Mr Wonka Charlie and the Great Gl

mpion of the World James and the Giant Peach Fantastic Mr Fox

ellous Medicine Matilda The Witches The Giraffe and the Pelly a

plete Adventures of Charlie and Mr Wonka Charlie and the Great Gl

mpion of the World James and the Giant Peach Fantastic Mr Fox

ellous Medicine Matilda The Witches The Giraffe and the Pelly a

plete Adventures of Charlie and Mr Wonka Charlie and the Great Gl

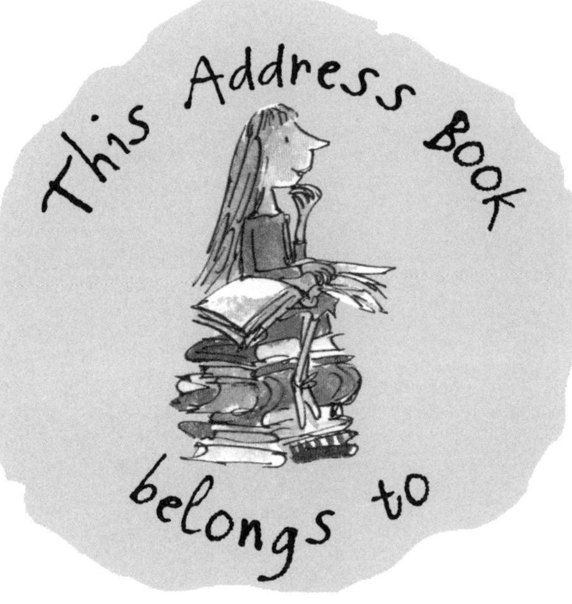

Lewis E. Fearon

First published 2006
by Random House Children's Books
61–63 Uxbridge Road, London W5 5SA

www.roalddahl.com
www.**kids**at**randomhouse**.co.uk
ISBN: 0 224 07076 2
978 0 224 07076 8 (from January 2007)
Printed in China

ion of the World James and the Giant Peach Fantastic Mr Fox The
ine Matilda The Witches [Roald Dahl®] the Pelly and Me The M
plete Adventures of Charlie and Mr Wonka Charlie and the Great Gla

Roald Dahl®

Address Book

Personal Details

Name Lewis

Address

Postcode

Tel 579 1836 Mobile

Email

Business Address

Postcode

Tel Mobile

Fax Email

Doctor

Address

Postcode

Tel

Essential Numbers

Dentist ______________________

Address ______________________

Postcode ______________________

Tel ______________________

Bank ______________________

Address ______________________

Postcode ______________________

Tel ______________________

School ______________________

Police Station ______________________

Neighbour ______________________

Taxi ______________________

Birthdays

"Grandpa Joe was the oldest of the four grandparents. He was ninety-six and a half, and that is just about as old as anybody can be."

name

Andrew

....

birthday

name

Camren

....

birthday

name

Jenn

....

birthday

name

....

....

birthday

name

....

....

birthday

name

....

....

birthday

name

....

....

birthday

name

....

....

birthday

name

....

....

birthday

Whooshey Relations

name
Lili + Bess
June 24th 2002
birthday

name
Emily
March 12th 1990
birthday

name
Ashley
April 21st 1990
birthday

name
Dad
July 17th 1962
birthday

name
Mom
September 17th 1964
birthday

name
Erik
July 9th 1996
birthday

name
Anna
October 2000
birthday

name
Karl
birthday

name
Dave
birthday

name
Gerldey
birthday

name
Nan
birthday

name
pap
birthday

Birthdays

"'It seems that almost everyone around here is loved!' said James. 'How nice that is!'"

name

....

....

birthday

name

....

....

birthday

name

....

....

birthday

name

....

....

birthday

name

....

....

birthday

name

....

....

birthday

name

....

....

birthday

name

....

....

birthday

name

....

....

birthday

Glamourly Friends

name
Christian Bell
April 2nd 1997
birthday

name
Mathew N.
June 24th
birthday

name
....
....
birthday

name
....
....
birthday

name
....
....
birthday

name
....
....
birthday

name
....
....
birthday

name
....
....
birthday

name
....
....
birthday

name
....
....
birthday

name
....
....
birthday

name
....
....
birthday

Favourite places to visit

Scrumdiddlyumptious Shops

"Charlie entered the shop and laid the

Favourite Places to Visit

Propsposterous Places

damp fifty pence on the counter."

Notes

Notes

Notes

Notes

Notes

Aa

"The town in which Augustus Gloop lived, the newspaper said, had gone wild with excitement over their hero."

e BFG Charlie and the Chocolate Factory The Twits Danny the Cham
nger Esio Trot The Enormous Crocodile George's Marvellous Med
Minpins Revolting Rhymes Dirty Beasts Boy Going Solo The Com

Aa

name

address

tel mobile

email

name

address

tel mobile

email

name

address

tel mobile

email

name

address

tel mobile

email

name

address

tel mobile

email

name

address

tel mobile

email

The BFG Charlie and the Chocolate Factory The Twits Danny the C
The Magic Finger Esio Trot The Enormous Crocodile George's Mar
Minpins Revolting Rhymes Dirty Beasts Boy Going Solo The Co

Aa

name

address

tel mobile

email

name

address

tel mobile

email

name

address

tel mobile

email

Bb

"There were jars everywhere.
They were piled up in the corners.
They filled every nook and cranny of the cave."

Bb

name

address

tel mobile

email

name

address

tel mobile

email

name

address

tel mobile

email

name

address

tel mobile

email

name

address

tel mobile

email

name

address

tel mobile

email

Bb

name

address

tel mobile

email

name

address

tel mobile

email

name

address

tel mobile

email

Cc

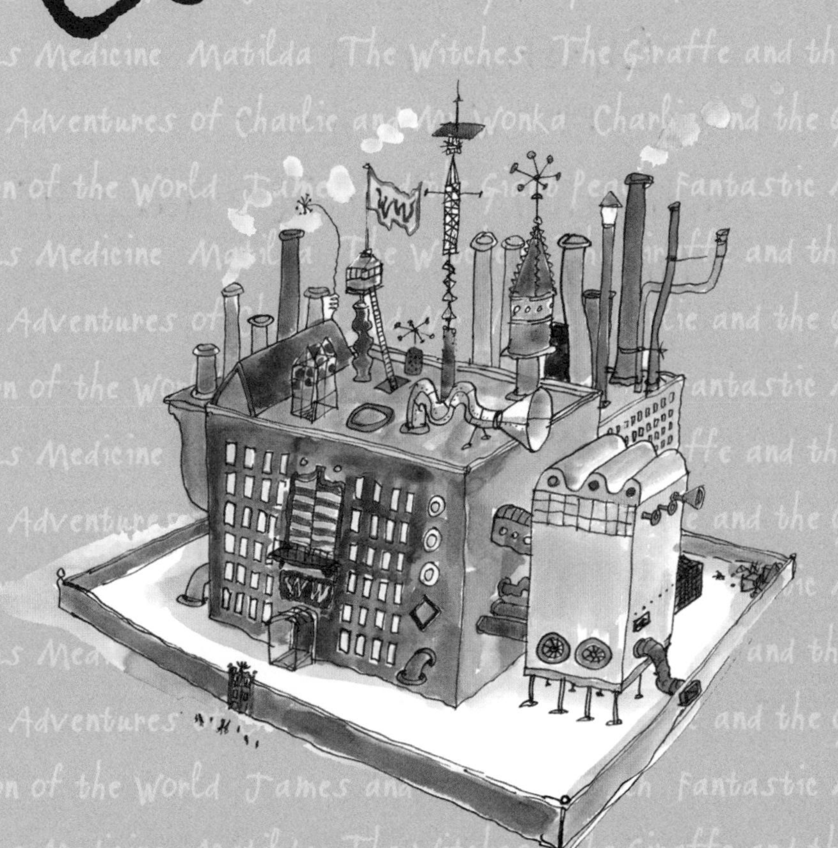

"In the town itself, actually within sight of the house in which Charlie lived, there was an ENORMOUS CHOCOLATE FACTORY!"

Cc

name Christian Bell

address 14 Clive Street

Alphington, Victoria, Au. 3078

tel 9410-9040 mobile

email

name

address

tel mobile

email

name

address

tel mobile

email

name

address

tel mobile

email

name

address

tel mobile

email

name

address

tel mobile

email

Cc

name

address

tel mobile

email

name

address

tel mobile

email

name

address

tel mobile

email

Dd

"The caravan was our house and our home. It was a real old gipsy wagon with big wheels and fine patterns painted all over it in yellow and red and blue."

Dd

name

address

tel mobile

email

name

address

tel mobile

email

name

address

tel mobile

email

ion of the World James and the Giant Peach Fantastic Mr Fox Th
me Matilda The Witches The Giraffe and the Pelly and Me The
Adventures of Charlie and Mr Wonka Charlie and the Great Glass

Dd

name ____________________

address ____________________

____

tel ____________ mobile ____________

email ____________________

name ____________________

address ____________________

____

tel ____________ mobile ____________

email ____________________

name ____________________

address ____________________

____

tel ____________ mobile ____________

email ____________________

The BFG Charlie and the Chocolate Factory The Twits Danny the C
The Magic Finger Esio Trot The Enormous Crocodile George's Ma

Dd

name

address

tel mobile

email

name

address

tel mobile

email

name

address

tel mobile

email

Ee

EF

"In the biggest brownest muddiest river in Africa, two crocodiles lay with their heads just above the water. One of the crocodiles was enormous. The other was not so big."

Ee

name Erik Sorensen

address 13 Laurie Street

St. John's, NL A1A

tel -754-4055 mobile

email

name

address

tel mobile

email

name

address

tel mobile

email

Ee

name

address

tel mobile

email

name

address

tel mobile

email

name

address

tel mobile

email

Ee

name

address

tel mobile

email

name

address

tel mobile

email

name

address

tel mobile

email

Ff

"On a hill above the valley there was a wood.
In the wood there was a huge tree.
Under the tree there was a hole.
In the hole lived Mr Fox and
Mrs Fox and their four small foxes."

Ff

name

address

tel mobile

email

name

address

tel mobile

email

name

address

tel mobile

email

on of the World James and the Giant Peach Fantastic Mr Fox Th
ne Matilda The Witches The Giraffe and the Pelly and Me The
te Adventures of Charlie and Mr Wonka Charlie and the Great Glas

Ff

name

address

tel mobile

email

name

address

tel mobile

email

name

address

tel mobile

email

Ff

name

address

tel mobile

email

name

address

tel mobile

email

name

address

tel mobile

email

Gg

GH

"But surely The Grand High Witch wouldn't have put her real name and address in the hotel register?"

Gg

name

address

tel mobile

email

name

address

tel mobile

email

name

address

tel mobile

email

name

address

tel mobile

email

name

address

tel mobile

email

name

address

tel mobile

email

Gg

name

address

tel mobile

email

name

address

tel mobile

email

name

address

tel mobile

email

Hh

"Soon the huge house itself came into view, and what a house it was! It was like a palace! It was bigger than a palace!"

Hh

The BFG Charlie and the Chocolate Factory The Twits Danny the Cham...
...nger Esio Trot The Enormous Crocodile George's Marvellous Med...
...e Minpins Revolting Rhymes ... Going Solo The Comple...

name Hugh
address 9131 Bathurst St.
Richmond Hill, Ont. L4C6C1
tel mobile
email

name
address

tel mobile
email

name
address

tel mobile
email

name

address

tel mobile

email

name

address

tel mobile

email

name

address

tel mobile

email

Hh

The BFG Charlie and the Chocolate Factory The Twits Danny the C

The [illegible] Finger Esio Trot The Enormous Crocodile George's Mar

Minpins Revolting Rhymes Dirty Beasts Boy Going Solo The Co

name

address

tel mobile

email

name

address

tel mobile

email

name

address

tel mobile

email

Ii

"Mrs Twit got the key from under the doormat (where Muggle-Wump had carefully replaced it) and into the house they went."

IJ

name ______________________________

address ______________________________

____

tel ______________ mobile ______________

email ______________________________

name ______________________________

address ______________________________

____

tel ______________ mobile ______________

email ______________________________

name ______________________________

address ______________________________

____

tel ______________ mobile ______________

email ______________________________

name

address

tel mobile

email

name

address

tel mobile

email

name

address

tel mobile

email

The BFG Charlie and the Chocolate Factory The Twits Danny the C
The Magic Finger Esio Trot The Enormous Crocodile George's Ma
Minpins Revolting Rh

Ii

name

address

tel mobile

email

name

address

tel mobile

email

name

address

tel mobile

email

J j

"They lived – Aunt Sponge, Aunt Spiker and now James as well – in a queer ramshackle house on the top of a high hill in the south of England."

The BFG Charlie and the Chocolate Factory The Twits Danny the Champion of the World
Esio Trot The Enormous Crocodile George's Marvellous Medicine
Minpins Revolting Rhymes Going Solo The Complete

name

address

tel mobile

email

name

address

tel mobile

email

name

address

tel mobile

email

J j

name

address

tel mobile

email

name

address

tel mobile

email

name

address

tel mobile

email

J j

name ______________________

address ______________________

____

tel __________ mobile __________

email ______________________

name ______________________

address ______________________

____

tel __________ mobile __________

email ______________________

name ______________________

address ______________________

____

tel __________ mobile __________

email ______________________

Kk

"They live, as everybody knows, on the planet Vermes, which is eighteen thousand four hundred and twenty-seven million miles away and they are very, very clever brutes indeed."

name Karl
address 13 laurie Street
St. John's, Nl A1A
tel 754-4855 mobile 687-karl
email

name Kira Swan
address Richmondhill Ont.
#. 103 Birch ave L4C6C5
tel mobile
email

name
address

tel mobile
email

ion of the World James and the Giant Peach Fantastic Mr Fox Th
ne Matilda The Witches The Giraffe and the Pelly and Me The
te Adventures of Charlie and Mr Wonka Charlie and the Great Glas

Kk

name

address

tel mobile

email

name

address

tel mobile

email

name

address

tel mobile

email

The BFG Charlie and the Chocolate Factory The Twits Danny the C…

The … gic Finger Esio Trot The Enormous Crocodile George's Ma…

… Minpins Revolting Rhymes Dirty Beasts Boy Going Solo The Co…

Kk

name ______________________

address ______________________

____

tel ____________ mobile ____________

email ______________________

name ______________________

address ______________________

____

tel ____________ mobile ____________

email ______________________

name ______________________

address ______________________

____

tel ____________ mobile ____________

email ______________________

Ll

"Matilda's parents owned quite a nice house with three bedrooms upstairs, while on the ground floor there was a dining-room and a living-room and a kitchen."

Ll

name

address

tel mobile

email

name

address

tel mobile

email

name

address

tel mobile

email

name

address

tel mobile

email

name

address

tel mobile

email

name

address

tel mobile

email

Ll

name

address

tel mobile

email

name

address

tel mobile

email

name

address

tel mobile

email

Mm

"'I want to live here with you,' Matilda cried out. 'Please let me live here with you!'"

Mm

name

address

tel mobile

email

name

address

tel mobile

email

name

address

tel mobile

email

Mm

name

address

tel mobile

email

name

address

tel mobile

email

name

address

tel mobile

email

Mm

name

address

tel mobile

email

name

address

tel mobile

email

name

address

tel mobile

email

Nn

"It was lovely to be back in Norway once again in my grandmother's fine old house."

Nn

name

address

tel mobile

email

name

address

tel mobile

email

name

address

tel mobile

email

on of the World James and the Giant Peach Fantastic Mr Fox Th
ne Matilda The Witches The Giraffe and the Pelly and Me The
Adventures of Charlie and Mr Wonka Charlie and the Great Glass

Nn

name

address

tel mobile

email

name

address

tel mobile

email

name

address

tel mobile

email

Nn

name

address

tel mobile

email

name

address

tel mobile

email

name

address

tel mobile

email

Oo

"When I went out there, I found the little Oompa-Loompas living in tree houses. They had to live in tree houses to escape from the whangdoodles and the hornswogglers and the snozzwangers."

name

address

tel mobile

email

name

address

tel mobile

email

name

address

tel mobile

email

name

address

tel mobile

email

name

address

tel mobile

email

name

address

tel mobile

email

name

address

tel mobile

email

name

address

tel mobile

email

name

address

tel mobile

email

Pp

"Then he noticed that there was a small door cut into the face of the peach stone. He gave a push. It swung open."

Pp

name

address

tel mobile

email

name

address

tel mobile

email

name

address

tel mobile

email

name

address

tel mobile

email

name

address

tel mobile

email

name

address

tel mobile

email

Pp

name

address

tel mobile

email

name

address

tel mobile

email

name

address

tel mobile

email

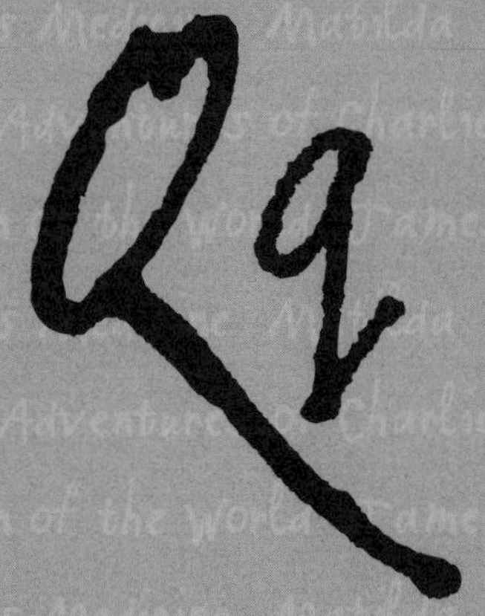

"'We're there,' Sophie whispered excitedly. 'We're in the Queen's back garden!'"

Qq

name ______________________________

address ______________________________

____

tel ______________ mobile ______________

email ______________________________

name ______________________________

address ______________________________

____

tel ______________ mobile ______________

email ______________________________

name ______________________________

address ______________________________

____

tel ______________ mobile ______________

email ______________________________

name

address

tel mobile

email

name

address

tel mobile

email

name

address

tel mobile

email

Qq

name

address

tel mobile

email

name

address

tel mobile

email

name

address

tel mobile

email

Rr

"Suddenly, out from the hole where the brick had been, there popped a small sharp face with whiskers, 'Go away!' it snapped. 'You can't come in here! It's private!'"

Rr

name

address

tel mobile

email

name

address

tel mobile

email

name

address

tel mobile

email

on of the World James and the Giant Peach Fantastic Mr Fox Th
ne Matilda The Witches The Giraffe and the Pelly and M The A
Adventures of Charlie and Mr Wonka Charlie and the Great Glass E

Rr

name ________________

address ________________

____

tel ________ mobile ________

email ________________

name ________________

address ________________

____

tel ________ mobile ________

email ________________

name ________________

address ________________

____

tel ________ mobile ________

email ________________

The BFG Charlie and the Chocolate Factory The Twits Danny the C
The Magic Finger Esio Trot The Enormous Crocodile George's Ma
Minpins Revolting Rhymes Dirty Beasts Going Solo The Co

Rr

name

address

tel mobile

email

name

address

tel mobile

email

name

address

tel mobile

email

Ss

"The Queen herself gave orders that a special house with tremendous high ceilings and enormous doors should immediately be built in Windsor Great Park, next to her own castle, for the BFG to live in. And a pretty little cottage was put up next door for Sophie."

e BFG Charlie and the Chocolate Factory The Twits Danny the Cham
nger Esio Trot The Enormous Crocodile George's Marvellous Med
Minpins Revolting Rhymes Dirty Beasts Going Solo The Com

Ss

name Sara Harris

address 3 Riverview Ave

St. John's, NL

tel 709-722-6457 mobile

email

name

address

tel mobile

email

name

address

tel mobile

email

Ss

name Ian, Leslie Lili + Bess

address 7 Toolangi Rd

Alphington, Victoria 3078 AU.

tel 9497 3697 mobile

email

name

address

tel mobile

email

name

address

tel mobile

email

Tt

name

address

tel mobile

email

name

address

tel mobile

email

name

address

tel mobile

email

Tt

name

address

tel mobile

email

name

address

tel mobile

email

name

address

tel mobile

email

Tt

name

address

tel mobile

email

name

address

tel mobile

email

name

address

tel mobile

email

Uu

"And down here, in the horrid house, Mr and Mrs Twit are still stuck upside down to the floor of the living-room."

Uu

name

address

tel mobile

email

name

address

tel mobile

email

name

address

tel mobile

email

Uu

name

address

tel mobile

email

name

address

tel mobile

email

name

address

tel mobile

email

Uu

name ______________________

address ______________________

____

tel ____________ mobile ____________

email ______________________

name ______________________

address ______________________

____

tel ____________ mobile ____________

email ______________________

name ______________________

address ______________________

____

tel ____________ mobile ____________

email ______________________

Vv

"The lucky person was a small girl called Veruca Salt who lived with her rich parents in a great city far away."

The BFG Charlie and the Chocolate Factory The Twits Danny the Champion
Esio Trot The Enormous Crocodile George's Marvellous Medicine
Minpins Revolting Rhymes Dirty Beasts Boy

Vv

name

address

tel mobile

email

name

address

tel mobile

email

name

address

tel mobile

email

VV

name

address

tel mobile

email

name

address

tel mobile

email

name

address

tel mobile

email

VV

name

address

tel mobile

email

name

address

tel mobile

email

name

address

tel mobile

email

Ww

"REAL WITCHES dress in ordinary clothes and look very much like ordinary women. They live in ordinary houses and they work in ORDINARY JOBS."

Ww

name

address

tel mobile

email

name

address

tel mobile

email

name

address

tel mobile

email

Ww

name

address

tel mobile

email

name

address

tel mobile

email

name

address

tel mobile

email

Ww

name ______________________________

address ______________________________

____

tel ______________ mobile ______________

email ______________________________

name ______________________________

address ______________________________

____

tel ______________ mobile ______________

email ______________________________

name ______________________________

address ______________________________

____

tel ______________ mobile ______________

email ______________________________

Xx

"The house wasn't nearly large enough for so many people, and life was extremely uncomfortable for them all."

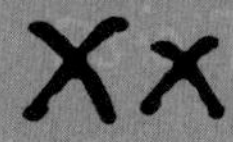

name

address

tel mobile

email

name

address

tel mobile

email

name

address

tel mobile

email

name

address

tel mobile

email

name

address

tel mobile

email

name

address

tel mobile

email

Xx

name

address

tel mobile

email

name

address

tel mobile

email

name

address

tel mobile

email

Yy

"After James Henry Trotter had been living with his aunts for three whole years there came a morning when something rather peculiar happened to him."

Yy

name

address

tel mobile

email

name

address

tel mobile

email

name

address

tel mobile

email

Yy

name

address

tel mobile

email

name

address

tel mobile

email

name

address

tel mobile

email

Yy

name

address

tel mobile

email

name

address

tel mobile

email

name

address

tel mobile

email

Zz

"Ah, this is just what I needed.
Good night, everybody. Good night."

Zz

name

address

tel mobile

email

name

address

tel mobile

email

name

address

tel mobile

email

Zz

name

address

tel mobile

email

name

address

tel mobile

email

name

address

tel mobile

email

Zz

name

address

tel mobile

email

name

address

tel mobile

email

name

address

tel mobile

email

"No book ever ends
When it's full of your friends
The Giraffe and the Pelly and me."

The BFG Charlie and the Chocolate Factory The Twits Danny the C
The Magic Finger Esio Trot The Enormous Crocodile George's Ma
e Minpins Revolting Rhymes Dirty Beasts Boy Going Solo The Co
The BFG Charlie and the Chocolate Factory The Twits Danny the C
The Magic Finger Esio Trot The Enormous Crocodile George's Ma
e Minpins Revolting Rhymes Dirty Beasts Boy Going Solo The Co
The BFG Charlie and the Chocolate Factory The Twits Danny the C
The Magic Finger Esio Trot The Enormous Crocodile George's Ma
e Minpins Revolting Rhymes Dirty Beasts Boy Going Solo The Co
The BFG Charlie and the Chocolate Factory The Twits Danny the C
The Magic Finger Esio Trot The Enormous Crocodile George's Ma
e Minpins Revolting Rhymes Dirty Beasts Boy Going Solo The Co
The BFG Charlie and the Chocolate Factory The Twits Danny the C
The Magic Finger Esio Trot The Enormous Crocodile George's Ma
e Minpins Revolting Rhymes Dirty Beasts Boy Going Solo The Co
The BFG Charlie and the Chocolate Factory The Twits Danny the C
The Magic Finger Esio Trot The Enormous Crocodile George's Ma
e Minpins Revolting Rhymes Dirty Beasts Boy Going Solo The Co
The BFG Charlie and the Chocolate Factory The Twits Danny the C
The Magic Finger Esio Trot The Enormous Crocodile George's Ma
e Minpins Revolting Rhymes Dirty Beasts Boy Going Solo The Co